KB200994

등장인물

천진난만 개구쟁이
문방구

초긍정 성격에 스스로
똑똑하다고 믿고 있는
8살 어린이.

못말리는 뻥쟁이
토끼야

항상 자기자랑
많이 하고 거짓말에
열심인 8살 어린이.

세상 단순 그 자체
새싹이

순수 바보지만, 가끔
천재적 모습도 보이는
8살 어린이.

강아지 아니고 사람
시바견

이름도 모습도
시바견이지만 원래
사람인 8살 어린이.

1판 1쇄 인쇄 2020년 9월 15일 **1판 1쇄 발행** 2020년 9월 25일 **원작** 문방구TV **글** 유경원 **그림** 최진규

발행인 신상철 **편집인** 최원영 **편집장** 최영미 **편집** 이은정, 조문정, 한나래, 허가영, 손유라

출판 마케팅 홍성현, 이동남 **제작** 이수행, 주진만 **디자인** 박성진 **발행처** ㈜서울문화사

등록일 1988년 2월 16일 **등록번호** 제2-484 **주소** (우)04376 서울특별시 용산구 새창로 221-19

전화 편집 (02)799-9171 | 출판영업 (02)791-0754 **팩스** 편집 (02)799-9144 | 출판영업 (02)749-4079

출력 덕일인쇄사 **인쇄** 에스엠그린 인쇄사업팀 ISBN 979-11-6438-294-1 64800

차례

01화 친절의 보답

✏ **보답:** 남의 호의나 은혜를 갚음.

응?

어딜 찾으세요?

소원 아파트요….

거긴 얼마 전에 없어지고, 공원으로 바뀌었어요.

꾸벅

어쨌든 감사합니다.

아… 그랬군요.

시무룩

에헤헤… 뭘요….

6

7

속담을 완성해 봐! -1탄

| | 한 동정은 철문으로도 들어간다.

끼 끼~
끼야~, 내가 도와줄게.

웃챠!
휘익

뭐… 좀 고맙긴 하네.
헤헤~

착하네.

 **속담 풀이** 친절한 동정은 아무리 무뚝뚝한 사람에게도 전
달된다는 뜻임.

☐ 한마디에 천 냥 빚도 갚는다.

 속담 풀이 말을 예의 바르고 조리 있게 잘하면 어려운 일도
해결할 수 있다는 뜻임.

9

02화 표기되지 않은 번호

🖊 **표기:** 적어서 나타냄. 또는 그런 기록.

공원에서 주웠어요.

어머, 고마워요.

근데 표기된 번호가
불길해요.

이상하네?
사람들이 싫어해서 이 번호는
쓰지 않는데….

아, 자세히 보니
앞에 표기한 '1'자가
지워졌구나.

쳇, 별것도
아니었네.

어머?

책 번호 14444는 따로 있잖아? 그럼 이 책은 뭐지?

어라?

조금 전까지 어깨가 무겁더니 갑자기 개운하네? 기분 탓인가?

크크크⋯.

낱말 귀신을 이겨라!

고대
옛날. 오래 전의 시대.

대표
개인이나 단체를
대신하여 의견을 말하거나
일하는 사람.

울보
잘 우는 아이.

개울
골짜기나 들에 흐르는
작은 물줄기.

집에 가는 토끼야 앞에 갑자기
귀신들이 나타났어. 끝말잇기를 해서 이겨야 집에
보내 준대. 빈칸에 들어갈 낱말을 써 봐.

문자나 음성 기호를 써서
언어를 표시함.

기관사

열차, 배, 항공기 등을
운전하는 사람.

사과나무

달콤하고 새콤한 맛이 나는
빨간색 둥근 과일이
열매인 나무.

비 온 뒤 하늘에 나타나는
일곱 가지 빛의 줄기.

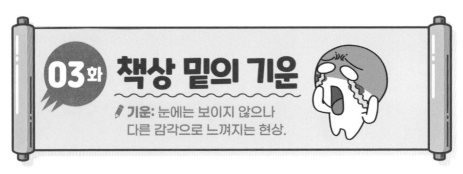

03화 책상 밑의 기운

🖊 **기운:** 눈에는 보이지 않으나 다른 감각으로 느껴지는 현상.

찌르륵

찌르륵

별컥!

아아앗!!!

아유, 우리 방구, 공부 열심히 하는구나?

쿠와악~

이 녀석! 여태 게임하고 있던 거야?

아, 아니에요, 방금 막 시작한 건데….

16

텔썩

뭐!?

돌아가신 할머니가
너 예쁘다며 머리부터 발끝까지
매일 만져 주셨는데….

저렇게 말 안 듣고
숙제도 안 하는 거 아시면
얼마나 속상하실지….

깜짝

어, 엄마,
뭐라고요?

덜덜덜

발을
만지셨다고요?

그래! 특히 발이
제일 예쁘다고 매일
쓰담쓰담하셨지!

크

웅!!

으아아악!!!!

안 내면 진다!
가위바위보!

척!

조심하렴.

덜덜

그래, 할머니야 안 무서워…
안 무섭다….

하, 할머니?
죄송해요!

휘익

엥?

둥!!

이상한 기운이
뭐 어째?

웬 강아지가….

끼익

얼른 숙제나 해!

전구 모양 퍼즐을 맞혀라!

네모 칸에 작은 숫자가 있어. 숫자 오른쪽으로 빈칸이 있으면 가로 문제, 숫자 아래쪽으로 빈칸이 있으면 세로 문제야. 가로와 세로 문제 설명을 잘 읽고 퍼즐에 들어갈 낱말을 맞혀 봐.

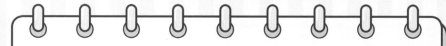

가로 문제

1. 라디오나 텔레비전을 통하여 여러 가지 방송을 내보내는 기관. ○○국

3. 자기 자신의 이익만을 꾀하는 것. 이○○

세로 문제

1. 무엇을 치거나 두드리거나 다듬는 데 쓰기 위하여 둥그스름하고 길게 깎아 만든 도구. 방○○

2. 여러 나라에 관계되는 성격을 가지거나 그 범위가 여러 나라에 미치는 것. ○○적

4. 눈에는 안 보이나 느낄 수 있는 어떤 현상. ○○

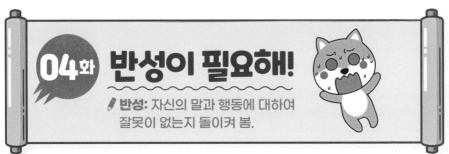

04화 반성이 필요해!

✏️ **반성:** 자신의 말과 행동에 대하여 잘못이 없는지 돌이켜 봄.

집에서 까톡으로 대화하다가 직접 만나니까 좋은데?

나도 나도. 왈왈.

오랜만에 만났는데, 자전거 타고 놀자. 왈.

너 자전거 잘 못 타잖아?

뭐?!

반짝반짝 보물을 찾아서!

점검

멋쟁이

떡볶이

출발

문방구와 토끼야가 여러 낱말이 적힌 숲에 왔어.
이 숲에는 보물이 숨어 있대. 미로에서 올바른
낱말이 적힌 길을 따라가서 보물을 찾아봐.

넝쿨

예매

도착

평화

존댓말

05화 밤길을 달리는 버스

✏️ **밤길:** 밤에 걷는 길.

거기 뒷자리 학생, 위험하니까 자리에 앉아요!

네… 죄송합니다.

하여튼 창피해서 같이 못 다니겠네~.

잠이나 자야겠다.

방구야, 일어나 봐! 뭔가 좀 이상해!!

왜… 요? 이거 설마… 저승 가는 버스?!

이봐, 학생! 버스 노선 바뀐 거 몰랐어? 이거 이제 하늘동 안 가!

그리고 버스에서 음식 먹으면 안 되는 거 몰라요? 떡볶이를 먹으면 어떡해요?

죄송해요… 너무 배가 고파서….

어이, 학생! 내려서 길 건너서 갈아타!

네!

나무 모양 퍼즐을 맞혀라!

1		4
2		
3		

나뭇잎이다!

네모 칸에 작은 숫자가 있어. 숫자 오른쪽으로
빈칸이 있으면 가로 문제, 숫자 아래쪽으로 빈칸이 있으면
세로 문제야. 가로와 세로 문제 설명을 잘 읽고
퍼즐에 들어갈 낱말을 맞혀 봐.

가로 문제

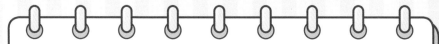

1. 밤에 걷는 길. ○○

2. 식물성 섬유를 원료로 하여 만든 얇은 물건으로, 주로 글을
   쓰거나 그림을 그리거나 인쇄를 하는 데 사용. ○이

3. 다가올 앞날. 장○

세로 문제

2. 우리나라 속담 '○○○도 맞들면 낫다'. 종○○

4. 길을 인도해 주는 사람이나 사물. 길○○

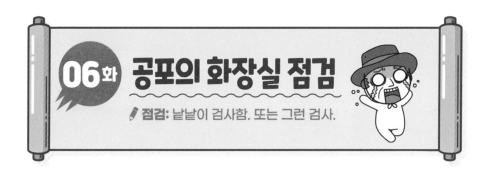

06화 공포의 화장실 점검

✏️ **점검:** 낱낱이 검사함. 또는 그런 검사.

요즘 그 소문 들었어?

무슨 소문?

학교 보안관 아저씨가 밤에 화장실 점검을 하다 보면… 가끔 이상한 소리가 들릴 때가 있대.

꿀꺽

오싹

헉! 설마 학교 화장실 귀신?

그러니까 그게 주로 화장실 마지막 칸에서….

분명 여기서 무슨 소리가 들렸는데?

퐁~!

이 시간에 누가…?

스윽

으아! 귀신이다!!

빨간 휴지 주세요~.

허걱!

후다다 닥

시골 할머니 댁을 찾아서!

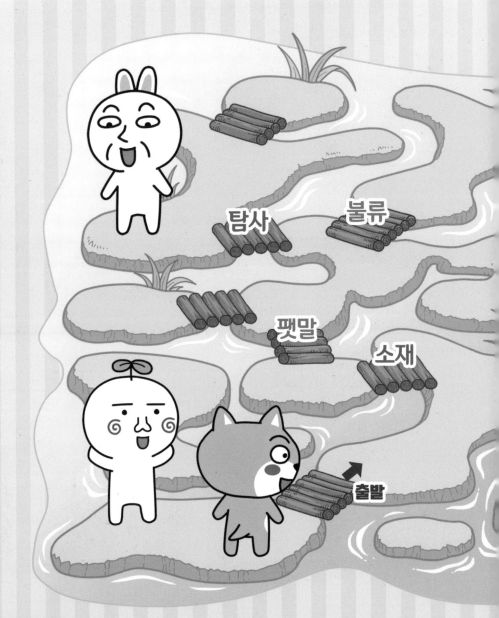

39

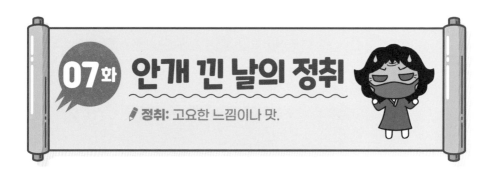

07화 안개 낀 날의 정취

🖊 정취: 고요한 느낌이나 맛.

오스스스

안개가 잔뜩 꼈네?

난 이런 분위기가 좋다. 왈.

흐음~, 묘한 정취가 있다고 할까?

정취? 그게 무슨 말이야?

40

상자 모양 퍼즐을 맞혀라!

네모 칸에 작은 숫자가 있어. 숫자 오른쪽으로 빈칸이 있으면 가로 문제, 숫자 아래쪽으로 빈칸이 있으면 세로 문제야. 가로와 세로 문제 설명을 잘 읽고 퍼즐에 들어갈 낱말을 맞혀 봐.

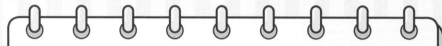

가로 문제

1. 재판할 때 피고 또는 원고를 변호하는 사람. ○○사

2. 버스나 열차 등이 머물러 사람이 타고 내리거나 짐을 싣고 내리는 곳. 정○○

3. 사람이 물속에서 활동할 때에 발에 끼는 물건, 또는 딴전을 부리는 태도. 오○○

세로 문제

1. 모습을 감추려고 옷차림이나 머리 모양을 고쳐서 다르게 꾸밈. 변○

2. 특유의 분위기. ○○

3. 높은 곳이나 낮은 곳을 오르내릴 때 디딜 수 있도록 만든 기구. ○○리

45

08화 이것이 인과응보

✏️ 인과응보(因果應報): 착한 일을 하면 좋은 결과가, 나쁜 일을 하면 안 좋은 결과가 반드시 뒤따름.

앗 교통사고!

요즘 여기서 사고가 자주 일어나는군.

슈우우우…

얼마 전에 이 길에서 버려진 고양이가 차에 치어 죽었대.

…!

소곤 소곤

그래서 그 뒤로 원한을 품은 고양이 귀신이 나타난다는 소문이….

속닥 속닥

듣고 보니 인과응보군!

뜀틀 모양 퍼즐을 맞혀라!

네모 칸에 작은 숫자가 있어. 숫자 오른쪽으로
빈칸이 있으면 가로 문제, 숫자 아래쪽으로 빈칸이 있으면
세로 문제야. 가로와 세로 문제 설명을 잘 읽고
퍼즐에 들어갈 낱말을 맞혀 봐.

가로 문제

1. 인사하는 말. 또는 인사를 차려 하는 말. ○○말

2. 가슴속에 쌓여 있는 한이나 불만 따위의 감정. 응○○

세로 문제

1. 현세에서의 선악의 결과에 따라 내세에서 행과 불행이
   있는 일. 착한 일을 하면 좋은 결과가, 나쁜 일을 하면
   나쁜 결과가 따름. ○○○○

3. 말라리아 병원충을 가진 모기가 옮기는 전염병. ○○○아

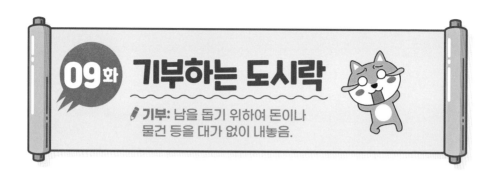

53

남은 만두는 누가 먹을까?

공연

여러 사람 앞에서 음악,
무용, 연극 따위를 하는 일.

연기

관객 앞에서 연극, 곡예,
춤과 노래 등을 말이나
행동으로 보이는 일.

연설

여러 사람 앞에서 자기의
주장 또는 의견을 말함.

사연

일의 앞뒤
사정과 까닭.

문방구 친구들이 끝말잇기를 해서
이기는 사람에게 남은 만두를 주기로 했어.
빈칸에 들어갈 낱말을 써 봐.

어려운 사람들을 돕기 위해
대가를 바라지 않고 돈이나
물건 등을 내놓음.

부회장

반에서 회장을 도와
학급 일을 보는 학생.

장수풍뎅이

몸길이가 4~5cm이고
갈색을 띠는 풍뎅이로,
수컷의 머리에는 뿔 모양의
돌기가 있음.

사는 곳을
다른 데로 옮김.

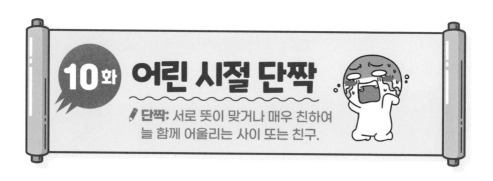

58

60

방구야 놀자! 10 날말퍼즐

하트 모양 퍼즐을 맞혀라!

6							9	
1	7				5			
	2	8		4				
		3						

내 마음이야

네모 칸에 작은 숫자가 있어. 숫자 오른쪽으로 빈칸이 있으면 가로 문제, 숫자 아래쪽으로 빈칸이 있으면 세로 문제야. 가로와 세로 문제 설명을 잘 읽고 퍼즐에 들어갈 낱말을 맞혀 봐.

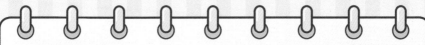

가로 문제

1. 2로 나누어 떨어지는 수. 2, 4, 6, 8······. 짝○

2. 여러 가지 시설을 갖추어 놓고 교사가 학생을 가르치는 곳. 학○

3. 무엇의 가치를 매길 때, 매기는 사람의 생각이나 기준. ○○관

4. 사물이 생긴 근원. 기○   5. 손가락에 끼는 고리. 반○

세로 문제

4. 어떤 목적을 이루기 위해 설치한 조직. 기○

5. 원을 지름으로 이등분하였을 때의 한쪽. 반○

6. 매우 친해 늘 함께 지내는 사이. ○○

7. 수량이나 도형의 성질에 대하여 공부하고 연구하는 학문. ○학

8. 학교를 상징하는 노래. ○가   9. 움직이던 것을 멈춤. 정○

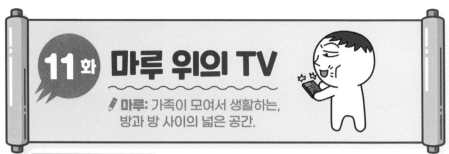

11화 마루 위의 TV

마루: 가족이 모여서 생활하는,
방과 방 사이의 넓은 공간.

♪

와아~, 재밌었어.
이따가 또 봐야지.

빅-

팟!!

어?
분명 껐는데?

64

팟!

벌떡

흐익!!

잠 안 자고 웬 TV야?
얼른 자!

그게 아니라…
TV가 혼자 켜져요! 마루에서
자고 있다가 TV 소리에 깼어요.

리모컨도
저기에 있잖아요.

파바밧

으앗!

TV가 제멋대로
움직여!

내일 수리 기사 불러야겠다.
아마 고장일 거야.
그래, 그럴 거야….

파앗

파앗!

으허헉!!

오! 유리창에 반사해서
TV를 켤 수 있네?!

채널도 잘 돌아가잖아?
소리도 커지나? 신기하네?

빅

빅

하지만 건너편 집에도
리모컨이 통한다는 사실….

덜덜덜…

으아아~!

속담을 완성해 봐! - 2탄

☐ ☐ 밑에 볕 들 때가 있다.

속담 풀이 마루 밑과 같은 음침한 곳에도 볕이 들 때가 있는 것처럼 어떤 일이나 고정불변한 것은 없음을 비유적으로 이르는 말임.

68

아래 그림을 보고 빈칸에 들어갈
알맞은 낱말을 써서 속담을 완성해 봐.

십 년이면 ☐☐ 도 변한다.

쿠오오오…

어머? 여기가 예전에는
안 이랬는데 몰라보게
달라졌네?

 속담 풀이 십 년이라는 세월이 흐르는 동안에는
세상에 변하지 않는 것이 없다는 뜻임.

12화 엄마의 배려

✏️ **배려:** 도와주거나 보살펴 주려고 마음을 씀.

71

어? 엄마가 집에 없네?

달칵

어휴, 갑자기 웬 소나기야? 홀딱 젖었네.

엄마, 비 맞으셨어요? 저한테는 우산 갖다 주셨잖아요?

무슨 소리야? 엄마도 우산 없어서 비 맞고 온 거 안 보여?

어… 비 오는 날은 항상 내 신발장에 우산이 있었는데…? 엄마가 주신 거 아니에요?

무슨 소리야? 그런 적 없어. 엄마는 너한테 직접 주지.

피식

꿀꺽

속담을 완성해 봐! -3탄

베풀 줄 모르는 사람은 ☐ ☐ 받을 자격이 없다.

속담 풀이 남을 도와주거나 보살피는 마음을 가지는 것이 결국 자신을 아끼는 것이라는 뜻의 영국 속담임.

아래 그림을 보고 빈칸에 들어갈
알맞은 낱말을 써서 속담을 완성해 봐.

개구리 ☐☐☐ 적 생각 못 한다.

속담 풀이 상황이 조금 나아졌다고 해서 예전의 어려움을
생각지 못하고 잘난 체하는 사람들을 비유하는 뜻임.

77

내가 언제 얕봤다고 그래? 그리고 쟁이나 장이나 아무렴 어때? 알아들었으면 됐지!

틀린 건 틀린 거라고!

펑!

난 옹기장이 신령이지. 옹기장이가 올바른 표준이란다.

으아앗!

귀...귀신이닷!

장이는 기술을 가진 사람이고 쟁이는 나쁜 버릇이나 행동 혹은 무시할 때 쓰는 말이란다. 가끔 동식물 이름에도 쓰이지.

아하! 소금쟁이?!

펑!

책 모양 퍼즐을 맞혀라!

네모 칸에 작은 숫자가 있어. 숫자 오른쪽으로 빈칸이 있으면 가로 문제, 숫자 아래쪽으로 빈칸이 있으면 세로 문제야. 가로와 세로 문제 설명을 잘 읽고 퍼즐에 들어갈 낱말을 맞혀 봐.

가로 문제

1. 옹기를 만드는 일을 직업으로 하는 사람. 〇〇〇〇
2. 조선 제 1대 임금, 태조의 이름. 이〇〇

세로 문제

1. 억지가 매우 심한 고집. 옹〇〇
3. 쇠를 달구어 온갖 기구와 연장을 만드는 일을 직업으로 삼는 사람. 대〇〇〇
4. 음을 높이에 따라 일정한 간격으로 차례로 늘어놓은 것. 음〇

81

14화 개구쟁이는 누구?

✏️ **개구쟁이:** 심하고 짓궂게 장난을 하는 아이.

너희 집 오랜만이다.

어서 와.

으으…, 층간 소음 장난 아니다.

아오~, 진짜 시끄러워! 한밤중에 막 뛰어다니고 노래도 부른다니깐!

706호도 비어 있고 806호는 할머니 한 분이 살지. 게다가 위아래 옆집 어느 집도 아이는 없어.

그, 그럴 리가…! 그럼 만날 그 소리는 도대체 뭐야?

이건 말 안 하려고 했는데 606호 이사 간 이유가… 그 집에서 밤마다 이상한 소리가 들려서 무섭다고….

으으….

사실은 806호에 밝고 건강하게 사시는 개구쟁이(?) 할머니가….

좋았어! 한 시간 뛰었으니….

이젠 노래방 기계를 틀어 놓고 노래나 불러 볼까?

맛있는 꿀단지를 찾아서!

희끄

권선징악

협뚱

낙엽

게구장이

개구쟁이

출발

문방구가 숲에서 만난 곰과 친구가 됐어.
서로 친구가 된 기념으로 꿀단지를 선물할 거래. 올바른
낱말이 적힌 돌다리를 건너가서 꿀단지를 찾아봐.

꿀

도착

처마

새싹

기상케스터

꼬글

토끼야

문방구

메미

15화 쓰레기 관찰

✏️ **관찰:** 사물이나 현상을 주의하여 자세히 살펴봄.

오늘은 쓰레기 버리는 날~.

저벅   저벅

자, 여기에 잘 놓으...?

음?

88

주사기 모양 퍼즐을 맞혀라!

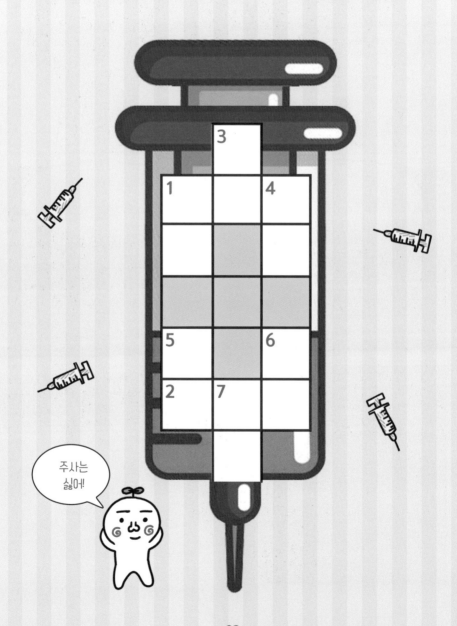

주사는 싫어!

네모 칸에 작은 숫자가 있어. 숫자 오른쪽으로 빈칸이 있으면 가로 문제, 숫자 아래쪽으로 빈칸이 있으면 세로 문제야. 가로와 세로 문제 설명을 잘 읽고 퍼즐에 들어갈 낱말을 맞혀 봐.

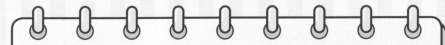

가로 문제

1. 일정한 관할 구역 안에서 경찰 사무를 맡아보는 관청. ○찰○

2. 어떤 특정 분야에서 일 처리가 능숙한 사람. 해○○

세로 문제

1. 신라의 옛 수도. 불국사, 석굴암, 첨성대, 다보탑 등 많은 유적이 있음. 경○

3. 사물이나 현상을 주의하여 자세히 살펴봄. ○○

4. 현재 우리나라 수도의 이름. ○울

5. 서쪽의 바다. ○해

6. 싸움을 하는 병사. 전○

7. 남녀가 부부가 되는 일. ○혼

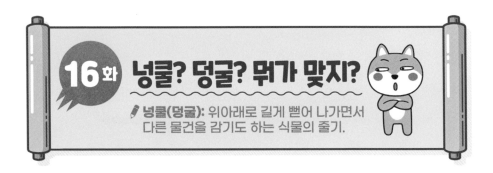

16화 넝쿨? 덩굴? 뭐가 맞지?

✏️ **넝쿨(덩굴):** 위아래로 길게 뻗어 나가면서 다른 물건을 감기도 하는 식물의 줄기.

여러분! 오늘은 과일밭에서 자연 체험 학습을 할 거예요!

네!

짜잔!

와 참외는 넝쿨에서 자라는구나!

97

속담을 완성해 봐! -4탄

호박이 [ ] [ ] 째로 굴러 떨어졌다.

 속담 풀이 뜻밖에 좋은 물건을 얻거나 행운을 만났다는 말임.

아래 그림을 보고 빈칸에 들어갈
알맞은 낱말을 써서 속담을 완성해 봐.

☐☐ 은 스스로 돕는 자를 돕는다.

 **속담 풀이** 어떤 일을 이루기 위해서는 나의 노력이
중요하다는 뜻임.

17화 여행 가방의 비밀

✏️ **모험:** 위험을 무릅쓰고 어떠한 일을 함. 또는 그 일.

산 모양 퍼즐을 맞혀라!

		1		4		
2				3		5

산에 와서
좋다~!

104

네모 칸에 작은 숫자가 있어. 숫자 오른쪽으로 빈칸이 있으면 가로 문제, 숫자 아래쪽으로 빈칸이 있으면 세로 문제야. 가로와 세로 문제 설명을 잘 읽고 퍼즐에 들어갈 낱말을 맞혀 봐.

가로 문제

1. 야구 경기를 하도록 만든 운동장. 야○○

2. 다른 학생들이 본받을 만한 학생. ○범○

3. 여러 사람이 뒤섞여 떠들어 대거나 뒤죽박죽이 된 곳. 또는 그런 상태. 난○○

세로 문제

1. 산과 들에 저절로 피는 꽃, 들꽃. ○○화

2. 위험을 무릅쓰고 어떠한 일을 함. 또는 그 일. ○○

4. 아이들이 가지고 놀 수 있도록 만든 여러 가지 물건. 장○○

5. 히말라야에서 중국에 이르는 지역에 사는 곰처럼 생긴 동물로 몸 빛은 흰색이고, 네 다리와 눈, 귀만 검은 색임. 죽순, 대나무 잎 따위를 먹음. 판○

18화 잘못된 선택?

✏️ **선택:** 여럿 가운데서 필요한 것을 골라 뽑음.

방구야, 지난번에 우리 등산 가서 찍은 사진이야.

와아! 너희 아빠가 아끼시는 필름 카메라로 찍은 사진?

짜~안!

어때? 엄청 잘 나왔지?

정말이네. 스마트폰 사진이랑 확실히 달라.

진실은 저 너머에….

잃어버린 친구들을 찾아서!

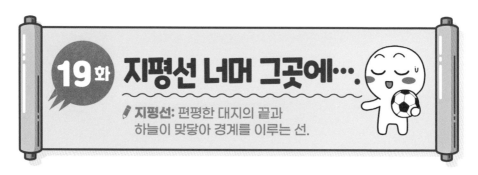

방구야, 우리 동네에
공이 낮은 데서 높은 곳으로
저절로 굴러 올라가는
언덕이 있대. 왈왈.

에이, 거짓말.

정말이야. 저쪽
지평선 너머 언덕 있지?
바로 거기다. 왈.

스윽

척

진짠지
확인해 보자!

112

바람개비 모양 퍼즐을 맞혀라!

8

7

1

2

5

6

3

4

바람이 불면
빨리 돌겠지?

116

네모 칸에 작은 숫자가 있어. 숫자 오른쪽으로 빈칸이 있으면 가로 문제, 숫자 아래쪽으로 빈칸이 있으면 세로 문제야. 가로와 세로 문제 설명을 잘 읽고 퍼즐에 들어갈 낱말을 맞혀 봐.

가로 문제

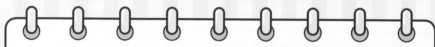

1. 음력 정월 초하룻날 새벽에 부엌이나 안방, 마루 따위의 벽에 걸어 놓는 조리. 복○○

3. 단맛, 짠맛, 신맛, 쓴맛을 혀로 느끼는 감각. 미○

5. 무언가 언뜻언뜻 빨리 지나감을 비유적으로 이르는 말. 주○○

7. 평온하고 화목함. 평○

세로 문제

2. 어떤 책임자 밑에서 지도를 받으며 그 일을 도와주는 사람. ○수

4. 세 개의 선분으로 둘러싸인 평면 도형. 삼○○

6. 지붕이 벽의 바깥쪽으로 내민 부분. ○마

8. 넓고 편평한 땅의 끝이 하늘과 맞닿은 것처럼 보이는 선. ○○○

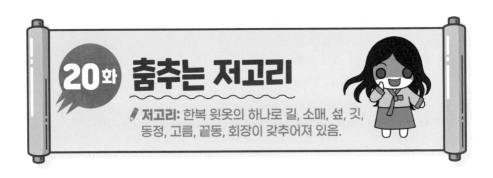

오늘 진짜 덥다.

난 몸이 녹아 버릴 거 같아.

후끈

후끈

헉헉…

응?

흔들

흔들

저기 저 사람 안 더운가? 이런 날씨에 한복을 입고 춤추고 있네?

118

120

121

신호등 모양 퍼즐을 맞혀라!

1	4	
2		
3		

네모 칸에 작은 숫자가 있어. 숫자 오른쪽으로 빈칸이 있으면 가로 문제, 숫자 아래쪽으로 빈칸이 있으면 세로 문제야. 가로와 세로 문제 설명을 잘 읽고 퍼즐에 들어갈 낱말을 맞혀 봐.

가로 문제

1. 한복의 윗옷의 하나. 길, 소매, 섶, 깃, 동정, 고름, 끝동, 회장 등이 갖춰진 옷. ○○○

2. 여러 날을 계속해서 비가 내리는 철. 우리나라에서는 대체로 6월 말부터 8월 초에 해당함. 장○○

3. 그날그날 겪은 일이나 생각, 느낌 따위를 적는 장부. 일○○

세로 문제

4. 고구마에서 돋아 나온 연한 싹으로, 껍질을 벗겨 나물을 해 먹음. ○○○줄○

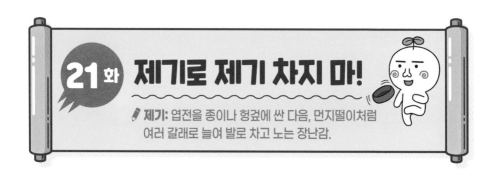

21화 제기로 제기 차지 마!

✏️ 제기: 엽전을 종이나 헝겊에 싼 다음, 먼지떨이처럼 여러 갈래로 늘여 발로 차고 노는 장난감.

각자 제기 가지고 왔지?

응, 난 아빠가 만들어 주셨다. 왈왈.

갑자기 웬 제기차기?

TV에서 봤는데 재밌어 보여서….

우리 아빠도 옛날에 많이 하셨대.

툭
툭
툭

125

126

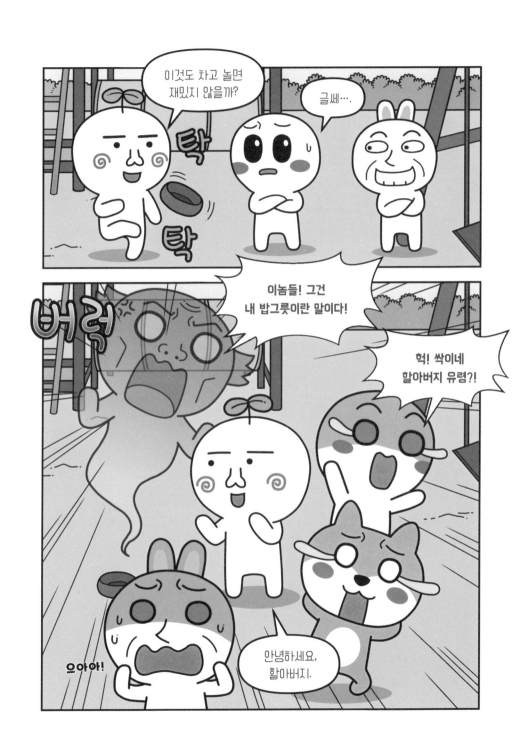

127

우리 동네 제기차기 왕은?

문제

해답을
필요로 하는 물음.

구멍 뚫린 엽전을 종이로
싸고 구멍으로 빼내어 만든
민속 장난감.

집필

직접 글을 쓰는 것을
이르는 말.

문제집

학습 내용을 문제로
만들어 엮은 책.

제기차기 하러 모인 문방구 친구들.
엉뚱하게도 끝말잇기로 제기차기 왕을 정한대.
빈칸에 들어갈 낱말을 써 봐.

기호

어떤 뜻을 나타내거나
적어 보이는
부호, 문자, 표시 등.

호박

덩굴 식물로 종 모양의
노란 꽃이 피는
길쭉하거나 둥근 열매.

관문

어떤 일을 하기 위하여
반드시 거쳐야 할 단계.

역사적 유물을 모아
전시하여 연구에 도움이
되게 만든 시설.

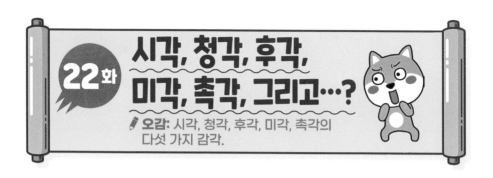

새싹이, 너 속옷 갈아입은 지 이틀 됐지? 냄새로 알 수 있다.

아닌데….

척

왈?

3일 됐어.

흐엉~

좀 갈아입어!

생각해 보니 난 미각이 뛰어난 거 같아.

햄버거를 맛보면 어느 가게에서 파는 건지 다 알 수 있거든.

그건 그냥 햄버거를 많이 먹어서다. 왈.

131

오늘의 점심 메뉴는?

선택

여럿 가운데서
필요한 것을 골라 뽑음.

난
떡볶이!

택시

손님을 목적지까지
태워 주고 미터기에 따라
요금을 받는 영업용 승용차.

치킨이
최고지!

예보

앞으로 일어날 일을
미리 알림.

서예

글씨를
붓으로 쓰는 예술.

점심 메뉴를 위한 문방구 친구들의 끝말잇기 대결!
이기는 사람이 원하는 음식을 먹기로 했어.
빈칸에 들어갈 낱말을 써 봐.

시행착오

문제 해결을 위해 여러 번
실패하다가 겨우 성공하여
답을 찾는 일.

점심은
비빔밥이야!

□□

시각, 청각, 후각, 미각,
촉각의 다섯 가지 감각.

돈가스가
좋아!

감독

일이나 사람 따위가
잘못되지 않도록 보살피고
지도하는 것 또는 사람.

□□

책을 읽음.

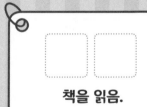

방구야 놀자! 정답

방구야 놀자! 01 | P. 8-9
속담을 완성해 봐! -1탄

| 친 | 절 | 한 동정은
철문으로도 들어간다.

| 말 | 한마디에
천 냥 빚도 갚는다.

방구야 놀자! 02 | P. 14-15
낱말 귀신을 이겨라!

| 표 | 기 |

문자나 음성 기호를 써서
언어를 표시함.

| 무 | 지 | 개 |

비 온 뒤 하늘에 나타나는
일곱 가지 빛의 줄기.

방구야 놀자! 03 | P. 20
전구 모양 퍼즐을 맞혀라!

¹방 송 ²국
망 제
아 ³기 ⁴적
운

방구야 놀자! 04 | P. 26-27
반짝반짝 보물을 찾아서!

방구야 놀자! 05 | P. 32
나무 모양 퍼즐을 맞혀라!

¹밤 ⁴길
잡
이
²종
잇
³장 래

방구야 놀자! 06 | P. 38-39
시골 할머니 댁을 찾아서!

방구야 놀자! 07 | P. 44
상자 모양 퍼즐을 맞혀라!

	¹변	호	³사
²정	거	장	다
취		³오	리	발

방구야 놀자! 10 | P. 62
하트 모양 퍼즐을 맞혀라!

⁶단			⁹정
¹짝	⁷수	⁵반	지
²학	⁸교	⁴기	원
	³가	치	관

방구야 놀자! 08 | P. 50
뜀틀 모양 퍼즐을 맞혀라!

¹인	사	³말
과		라
²응	어	리
보		아

방구야 놀자! 11 | P. 68-69
속담을 완성해 봐! -2탄

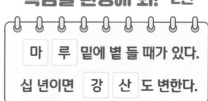

마 루 밑에 볕 들 때가 있다.

십 년이면 강 산 도 변한다.

방구야 놀자! 09 | P. 56-57
남은 만두는 누가 먹을까?

기 부
어려운 사람들을 돕기 위해
대가를 바라지 않고 돈이나
물건 등을 내놓음.

이 사
사는 곳을
다른 데로 옮김.

방구야 놀자! 12 | P. 74-75
속담을 완성해 봐! -3탄

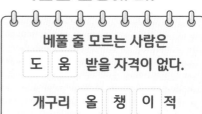

베풀 줄 모르는 사람은

도 움 받을 자격이 없다.

개구리 올 챙 이 적

생각 못 한다.

방구야 놀자! 13 | P. 80
책 모양 퍼즐을 맞혀라!

방구야 놀자! 15 | P. 92
주사기 모양 퍼즐을 맞혀라!

방구야 놀자! 14 | P. 86-87
맛있는 꿀단지를 찾아서!

방구야 놀자! 16 | P. 98-99
속담을 완성해 봐! -4탄

호박이 넝 쿨 째로
굴러 떨어졌다.

하 늘 은 스스로
돕는 자를 돕는다.

산 모양 퍼즐:
¹야	구	²장		
모범	생	난	장	판
험	화	감		다

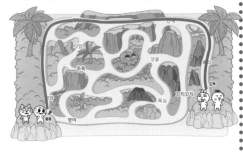

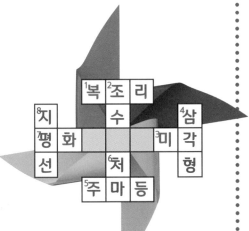

바람개비 모양 퍼즐:
	¹복	²조	리		
⁸지		수		⁴삼	
⁷평	화			³미	각
선		⁶처		형	
	⁵주	마	등		

신호등 모양 퍼즐:
¹저	⁴고	리
	구	
²장	마	철
	줄	
³일	기	장

제 기
구멍 뚫린 엽전을 종이로 싸고 구멍으로 빼내어 만든 민속 장난감.

박 물 관
역사적 유물을 모아 전시하여 연구에 도움이 되게 만든 시설.

오 감
시각, 청각, 후각, 미각, 촉각의 다섯 가지 감각.

돈가스가 줄아!

독 서
책을 읽음.

두근두근 알쏭달쏭 심쿵 비밀 이야기
설레고, 재미있고, 오싹한 이야기를 만나요!

〈오늘의 영상툰〉 1-3권

설렘툰

고민툰

오싹툰

QR 코드를 찍고
〈오늘의 영상툰〉
채널로 출발!

오핫!

각 권 값 12,000원 / 판매 : 02-791-0754 (출판마케팅) 서울문화사